引退しない人生

曽野綾子

PHP文庫

○本表紙図柄＝ロゼッタ・ストーン（大英博物館蔵）
○本表紙デザイン＋紋章＝上田晃郷

文庫版まえがき

　組織に属して働いていた人は、自動的に引退の時期を決められる。今のところ定年は六十歳くらいから六十五歳くらいまで。そのうちに七十歳になるという。高齢化が進んで自然に人手が不足になれば、健康な人には七十五歳くらいまでは男女共に働いてもらうということになるだろう。

　自由業である作家には、定年はない。引退はいつでも自由。よく「断筆宣言」などというものをする作家がいるが、宣言などしなくても、書きたくなければ、今日からでも黙って書かなければいいだけのことだ。生涯ずっと半分引退していたような作家もいる。そういう作家は「怠《なま》け者」だけが持つ、いい香りを持っている。作家に勤勉の徳など必要ないのだ。

私は昔から「成り行き次第」という生き方をして来た。いささかの努力をすることはあった。中年にはすぐ喉《のど》を悪くしたので、微熱が出て体がだるい。ほんとうはベッドでごろごろしていたい。しかし締め切りがあると、私はどんなに辛《つら》くても、原稿を書いた。それがプロというものの任務なのである。だるい時に自由に寝ていたい人はプロにならず、ずっとアマチュアを通すことである。アマチュアは世間に対する契約の義務がないから、自由にしたいことをしていられる。しかし収入はない。

しかしプロになったからと言って、自分の思う通りの人生が開けるわけではない。自分では、思う通りに書けたと思う作品が全く無視されたこともあるし、自分ではごく普通の仕事に仕上がったと思った本が、意外とベターセラーになることもある。

つまり私はほんとうは、何が何だかわからないままに、人生を生きて来たのである。生きるのを自分の意志で止めることはできないのだから、わからないままに生きることが、生まれて来た誰にでも課せられた義務なのだろう。

作家が仕事を止めることは簡単だ。自主的に「私にはもう書くことがなくなりました」と係の編集者に言うのもいいし、文章も緩《ゆる》み、主題も明確でなく、細部にも輝きのない作品を数作書けば、プロの編集者の眼の光っている文学の世界では、次第に書く場も減って来る。

もともと、月給も失業手当てもない仕事なのだから、作家はいつでも、何の問題もなく消えられる。しかし当人が生きている限り、人間を止めることはできない。皮肉にもそこにその人の生きる本領は残されている。

運動選手は、まだ若いうちに第一線を引退する。四十歳未満で現役の選手生活を止める人はごく普通だろう。あらゆる職種が、その仕事に適した年齢、限界の年齢というものを持っている。しかしその後の長い人生を「人間として」生きる。この部分が実は大切なのだ。余生などという言葉で済むものではない。

この、一人で人間をやり続ける他はない年月に、人はその人の本領が発揮できるのではないかとさえ思える。

若い時には、嫌な上役がいた。あの人さえいなくなれば、自分の人生も開ける、と考える。思えば単純なものだ。

結婚生活が続いている間は、多かれ少なかれ、配偶者といっしょの暮らしを想定している。いっしょに外国旅行をしよう。相手が認知症になったらどう介護するか。楽しみも問題も山積している。しかしいずれにしても相手のあることだ。しかし配偶者が死亡した後は、一人で生きる他はない。一人になったからと言って人間を止められたら――ということは痴呆《ちほう》的になるか自殺することだから――それこそはた迷惑なのである。

人間は最低限、あまり人の迷惑にならない生き方で生涯を終える方がいいだろう。それでも私たちは誰もが人のお世話になって生きるのである。だからほんとうは、少しは人のお世話をするチャンスがある方がいい。

私はこのごろ、昔の物語の冒頭の場面をしきりに思いだす。「お爺《じい》さんは山へ柴刈《しばかり》に、お婆《ばあ》さんは川に洗濯に行きました」という絵本の『桃太郎』の第一頁《ページ》だ。

お爺さんが採りに行く「しば」はゴルフ場に生《は》えている芝《しば》ではない。山野に生える灌木《かんぼく》の柴で、それを燃料にしなければ竈《かまど》で炊事をすることもできない。洗濯機どころか水道もない時代には、洗濯は川でするものだった。今でもアジア、中近東、アフリカの多くの土地では、女たちは川で洗濯をする。そして地面の上にじかに洗濯物を置いて乾かす土地も多い。乾いた時にさっと振れば、土やゴミは落ちるのだから、それでいいのである。

この老爺と老婆の姿、彼らの生きる基本を私たちは忘れてはいけない、と思う。人生に引退はないのだ。死ぬ日まで、体の動く人間は、生きるために働くのが自然なのである。そしてまたそのことが、人間に生きる目的も、自信も、希望も持たせるという事実も忘れたくない。

二〇一四年早春

曽野綾子

引退しない人生　目次

晩年を美しく生きる知恵

深く愛し愛される知恵

人生をほどほどに成功させる知恵

幸福を味わう知恵

人と出会うほどに賢くなる知恵

他人の評判に動揺しない知恵

死を準備する知恵

失うことを受け入れる知恵

魂を輝かせる知恵

流されないで生きる知恵

びくびくせずに旅行できる知恵

生活から引退しない知恵

お金に惑わされない知恵

心ぜいたくに暮らす知恵

引退しない人生

年を取るほどに
人生をおもしろくする知恵

荷物を下ろす時

老年や晩年の知恵の中には、荷物を下ろすということがある。達成して荷を下ろすだけではない。未完で、答えが出ないまま、終着地点でなくても荷物を下ろす時がある。普通人間は荷物を下ろす時には、必ずその目的を達成し、地点を見定めて下ろすものなのだが、死を身近に控えれば、そのような配慮はもう要らなくなる。

そっと人目を避けて木陰で荷物を下ろせば、爽やかな微風がきっと私たちの汗ばんだ肌を、優しく慰めてくれるものなのだ。『晩年の美学を求めて』

冒険は老年の特権

年を取るということは実にすばらしいことだ。雑学も増える。少々危険な所へ行っても、もうそろそろ死んでもいい年なのだから、自由な穏やかな気分でいられる。

冒険は青年や壮年のものではなく、老年の特権だという私の持論はなかなか人には納得されないが、私はおかげでおもしろい生活をし続けている。

『自分の顔、相手の顔』

学んできたはず

学歴などなくても、学校秀才でなくても、高齢者は必ず、彼か彼女が生きて来た年月だけ余計に学んでいるはずだ。学んだ分だけ、人は必ず賢くなっているはずである。

『晩年の美学を求めて』

老年の自由

高齢者の自由というものは、今、見落とされがちだが、すばらしい輝きを帯びている。もう一仕事済まして、誰から何を言われようと傷つくような年齢でもなく、むしろ誰にでも深い尊敬と感謝のできる下地ができている。

『自分の顔、相手の顔』

窃《ひそ》かな内的完成のために

まだ果たしていないことだが、私には年を取った時の計画がある。それらはすべて風光明媚《ふうこうめいび》な地方ではできないことで、できれば都会の真っ只中にいてこそ可能なものである。

それらはまず、実行が、距離や天候などに左右されず、かつ、大した出費を伴わず、体力の衰えた老年でも一人でできることでなければならない。

私が最初に希望したことは、毎日のように絵を見て歩こうということであった。博物館、美術館もいいし、画廊を見て歩くという手もある。

次に予算と体力に合わせて、月に一、二回は芝居を見る。そのお金がない時には、裁判を傍聴する。それこそお金をかけずにドラマを楽しむ究極の方法である。

それからデパートを歩き、盛り場で食事をするかお茶を飲む。生きた町の姿と物価に常に接しているためである。

講演会、同好会なら、毎日ないという日はない。八十になって講演会を聞いて利口になって何になる、ということはない。老年というものは、密かな内的完成のための時なのだから、都会にいれば、いつでも、自由に、無理なく、目立たずにその機会を見つけられるのである。『都会の幸福』

老年の常識

人の結婚式に出て後が疲れてしまった。人の葬式に出て、それが寒い日なので、風邪を引いてしまった。そういうことがないように、一定の年からは、少なくとも冠婚葬祭からは引退することを世間の常識にしたらいい。自由で幸福な生活は、そんな簡単なことでもかなり叶《かな》えられる。

『自分の顔、相手の顔』

与えられたのは修行の場

もし人が老年になって、今まで体験したことのなかった一種の共同生活をしなければならない、ということになったら、それを苦労とは思わずに、改めて自分の修行の場を与えられた、として、その状況がもたらすはずの徳を、一つの目的として受け取るべきなのである。

『晩年の美学を求めて』

人は変わる

人間自体が年を取ると若い時とは全く別人になっている。少なくとも私はそうだ。「三つ子の魂、百まで」と言われる悪癖の部分は残っているが、確かに十代、二十代では全くしなかったような考え方をするようになっている。簡単にいい人間に変わるとも言えないし、惚《ぼ》けてばかになったとも言い切れない。しかし変わっても不思議はない。
人は変わるのだ。変質するのである。それが加齢の力だ。歴史もまた同じである。一つの出来事に対する感覚も確実に変質している。それを認めないのはおかしい。

『晩年の美学を求めて』

高齢者の仕事

ごくありふれた、平凡でいつでも代替えがきく仕事。その手のものは若者ではなく、高齢者が引き受けるべきものだ。若者の数が減り、高齢者が溢《あふ》れる時代になったらなおさらのことだ。それを屈辱的な作業だと思うような愚かな姿勢は徐々にではあっても排除しなければならない。そしてそのような平凡な仕事の中でこそ、経験も読書も重ねて来た高齢者のみが（願わくば私をも含めてすべての高齢者が充分な読書を果たしていることを）もしかすると単純労働に携わりながらあらゆることを考える才能を発揮できるのではないか、と思うのである。

『晩年の美学を求めて』

一人の人間としてやるべきこと

民主主義、人道主義の基本は、男も女も同じように働くことだ。もちろん得意な作業には、違いがある。樵《きこり》の仕事は男に向いているし、縫いものは確実に女にもできる。

しかし男だからしなくて済む、ということはない。同時に女にも、私は女だからわかりませんという甘えや言い訳は許されるはずがない。会長さんや社長さんを止めたら、それは一人の人間になった、ということだ。だから急遽《きゅうきょ》、炊事、洗濯、掃除、買い物の方法などを学べばいい。料理はむずかしいことはできなくても、味噌汁とオムレツとライスカレーくらい作れるべきだ。それも下手くそな出来でいい。少なくとも、知能指数が人並みにある人ができないほどむずかしいことではない。

　専用車の送り迎えがなくなったら、電車の乗り方を楽しむことだ。安く行く方法、とにかく行ったことのないルートを辿《たど》ってみる方法、鈍行列車を乗り継いで観光の機能を混ぜる方法、いろいろ工夫すると無限のおもしろさがある。切符の自動販売機はいろいろあって、どこにお金を入れていいのかわからないこともあるが、数人のやり方を盗み見ていれば覚えるし、何度か失敗すればそのうちに馴れて来る。

　一方女は「私はできません」「私にはわかりません」というのが得意だ。男が無理強《じ》いに仕事を押しつけるのを避けるために、昔の女たちは、できません、わかりません、と言うより仕方がなかった面があるのではないか、とさえ思う。


『晩年の美学を求めて』

体力が衰えたゆえに

体力の衰えを嘆く人は多いし、それも当然なのだが、私は体力が充満している時には考えられない人生の見方というものも確かにあって、それがいい人を作るような気がする。

『中年以後』

見る眼ができるのだが……

年齢を重ねるほどに私たちは複雑な見方ができるようになる。現実に人や人生を見る眼はできるのだが、一方で賢くなって自分の眼を信じなくもなるのである。

『晩年の美学を求めて』

歩く理由

夫はいつも渋谷まで約十キロを歩いて行く。電車賃片道百九十円を倹約するためだと言う。今日は二人で往復七百六十円も払うと思うと胸が痛い、と嬉しそうな顔で言う。

私は買い物嫌いな夫とデパートを歩く趣味がない。せっかくいっしょに家を出たのに、本屋へ行くというのを幸い渋谷駅で「お別れ」して一人になる。夫は帰りは一駅手前の自由が丘で降りて歩いたそうだ。一駅手前で降りると四十円安くなる。

ワーカホリックというのは仕事病にかかった人のこと。夫のはウォークホリックという歩き病とケチの合併症。私は沿線にケチな客を持つ東急電鉄に深く同情している。

『運命は均される』

晩年を美しく生きる知恵

美しく生きるには

晩年に美しく生きている人というのは、できればごく自然に、それができなければ歯を食いしばってでも、一人で生きることを考えている人である。

『晩年の美学を求めて』

誰にでもできる最後の芸術

内心はどうあろうとも、明るく生きて見せることは、誰にでもできる最後の芸術だ。地獄に引きこまれそうな暗い顔をしてグチばかり言い、決して感謝をしない老人に親切にすることは、相当心の修行をした人でないとできにくい面もある。優しくしてもらいたかったらまず自分が明るく振舞って見せることだ。

下手な歌やコーラスを自分が歌って誰かに聴いてもらいたいために、老人ホームの慰問をするグループがあるという。するとホームのおばあさんでしっかりした人が「悪いですから聴いてあげましょうよ」と言って進んで聴衆になり、盛大な拍手を惜しまないのだという。私はせめてそういう老人になりたいと思っている。

『晩年の美学を求めて』

老年だからできること

許すということは、一際《ひときわ》英雄的な選択なのである。だからそれは幼児や青年の仕事ではない。多分実人生の中で、老年、或《あ》いは心理的に人生を生きてしまった特殊な人たちだけがなし得ることなのだろう、と思う。

『晩年の美学を求めて』

段取りの力

段取りをし続けることが、実は老年において人間としての基本的な機能を失わせない強力な方法なのだ、と最近思うようになった。惚けたり気力が失われたりすると、人はもう段取りをつけることができなくなる。そうなったら、思いつきで、思いつきの行動に出る他はなくなる。段取りは、意志の力、予測能力、外界との調和の認識、そして何より謙虚さ、など総合的な判断が要る上に、たえずそのような配慮をすることで心を錆《さ》びつかせないことができる。

『晩年の美学を求めて』

感謝だけである

家族から捨てられることはあっても、社会から見放されることはない。どんなに無力でも、社会は必ず屋根の下に収容し、食べさせ、体を拭《ふ》き、排泄《はいせつ》を助ける。そんなことのできる国が世界中にそうあるわけではない。私たちはただ幸運だけでこうした国に生まれた。日本に生まれるために、努力したのでもなく、金を払ったのでもない。正直で頭がよくて、努力家で働き者の多い日本人のいる日本という国に生まれたから得をしていることはたくさんある。

国中が貧しくて、政治家も官吏もすべて公然と汚職をしている国も世界中に珍しくはない。日本はそうではない。収賄の判決を受ければ総理大臣でも収監できる国だ。こんな国はめったにないし、そういう国に生まれることができたのも幸運である。

だから晩年も感謝して明るく生きることである。いや、もっとはっきりいえば、心の中は不満だらけでも表向きだけは明るく振る舞う義務が晩年にはある。心から相手を好きではなくても、愛しているのと同じ理性的な行動を取ることだけが、むしろほんとうの愛なのだ、と聖書が規定しているのと同じである。

長く生きた人々は、或いは病気で苦労した人々は、それくらいの嘘がつけなくてはならない。

『晩年の美学を求めて』

「公害」に気をつけて

服装に関心がないのはこの頃間違いだと思うようになった。若い人はまあいいとしても、お見苦しい年寄りが、身なりに気を使わないなんて「公害」である。そして都会というところはほんとうはだらしなくしていたい絶対多数の怠け者（私もその一人）にも、否応なしに少しばかりの緊張を強《し》いるところなのである。

『都会の幸福』

勘違いの落とし穴

高齢者の陥り易い落とし穴を考えてみてもいい。人は誰でも多かれ少なかれ、年を取ると偉そうにしていることを許されるのだ。別にいいことをしていなくても、日本的美風が残っていればの話だが、年齢が一番上になるほど、上座に据えられる。お茶も最初に供される。「お寒くないですか?」と気にされ、階段を昇り降りする時には荷物も持ってもらえる。こういう習慣は日本的美風としても続けてほしいものである。しかし高齢者がそれによって自分は偉いのだと勘違いしたら愚かだと言わねばならない。

『晩年の美学を求めて』

生きるものの基本姿勢

どのような人も晩年まで生活と闘わねばならないのである。体が動く間は、自分で「餌《えさ》」を探しに行くのが当然だ。それが動物の基本姿勢である。

しかし最近では自分が働かなくてもいいように、社会的施設や設備をお金で買えるようになった。それは捕まらないのにライオンが自ら志願して動物園の檻《おり》に入るようなものだ、と私は感じるようになっている。

安全に飽食し、弱肉強食の原則にも組み入れられず、敵に襲撃される危険性も全くない動物園の動物の一生は、やはり幸福とは思えない。

ほんとうに病気になって動けなくなった野生動物は、保護される手段があった方がいい。しかしそれまでは、毛皮がすり切れて禿《は》げのようになり、眼もうつろに、足もよろよろになるまで、動物は自ら生きようとするのが普通なのである。

その基本原則を胆《きも》に銘じた上で、人間も死までの計画を立てた方がいいと、私は自分に言い聞かせている。

『晩年の美学を求めて』

「くれない族」の老化度

自分の精神がどれだけ老化しているかを量るには、どれくらいの頻度で「くれない」という言葉を発するかを調べてみるといい。友達が「してくれない」。配偶者が「してくれない」。政府が「してくれない」。ケースワーカーが「してくれない」。他にも娘や息子や嫁や婿や姉や兄が「してくれない」を連発する年寄りはいくらでもいる。だからそういう人々のことは「くれない（紅）族」と呼んでいいだろう。

この精神的老化は、実年齢とほとんど関係がない。二十代でも、三十代でも、男でも女でも、この言葉を口にする人は、老化がかなり進んでいる。だからこういう人に対しては、相手が青年でも壮年でも「おじいちゃん」とか「おばあちゃん」とか呼んでいいだろう、と私は書いたことがある。

『晩年の美学を求めて』

分相応に暮らす意味

私たちは自分のお金で好きな時に好きな所に行ける。嫌な人に会わねばならない時もあるが、たいていの時は会いたい人にだけ会っていられる。多くの場合心にもないことを口にしないで済む。非人間的なほどの忙しさに苦しまない。それもこれもすべて自分の小さな力の範囲で「分相応」に暮らす意味を知ったからである。

その釣り合いがとれた生活ができれば、晩年は必ず精巧に輝くのである。

『晩年の美学を求めて』

晩年の義務

晩年の義務は、後に、その人の記憶さえ押しつけがましくは残さないことだと私は考えている。

『晩年の美学を求めて』

深く愛し愛される知恵

残すべきは「愛」だけ

最後に残すべき大切なものは「愛」だけだといったら、また歯の浮くようなことを言うと嫌われそうだが、死ぬ時に、人間としてどれだけ贅沢《ぜいたく》な一生を生きたかは、どれだけ深く愛し愛されたかで測ることになる。愛は恋愛だけではない。男女の性の差も、身分を超えた、関心という形を取った愛の蓄積である。それ以外のものは大地震の時の陶器のようにぶっ壊れる危険に満ち満ちているから、とてもカウントの対象にはならない。

『自分の顔、相手の顔』

「もらう」から「与える」側へ

人は与えるからこそ、大人になり、おいぼれではなく青年であり続けるのである。赤ん坊から大人になるまでの人間はもらうばかりである。おっぱいを呑ませてもらい、おむつを換えてもらう。学校に送り迎えをしてもらい、お小遣いをもらい、教えてもらう。しかしやがてその関係が逆転する。父の後ろ姿に老いを感じると、息子は父に代わって荷物を運ぶ。今まではは病院には連れて行ってもらっていた娘が、母が病気になれば自分の車で母を病院に運ぶ。

『晩年の美学を求めて』

誰にも不作法をしてはいけない

パウロの手紙には愛の特徴の一つとして「礼を失せず」（コリントの信徒への手紙一　13・5）ということがある、と書かれているのである。この言葉を読んだ時、私は自分が今まで家庭というものについて考えてきた「気楽さがいい」という思い込みは、全くの間違いなのだ、ということを思い知らされたのであった。

家庭内での不作法は、相手を深く傷つける。「あなたなんか会社でだって役立たずじゃないの」とか「妻子もろくに養えなくて何言ってるのよ」などという妻からの言葉もあるし、「お前みたいなブスが一人前の顔するな」とか「お前の一家は揃いも揃って頭が悪いからな」などと言われたという妻にも会ったことがある。

すべてこれらは「礼を失した」態度なのである。親しき仲にも礼儀あり、というのは、友達同士の関係をいっているのだろうと昔は思っていたが、今では夫婦・親子の間で必要なことなのだ、と思うようになった。

私たちは多分一生、誰にも甘えて不作法をしてはいけないのである。そんなこと疲れるでしょう、と言う人もいるが、むしろきりっと気分を張り詰めて、配偶者にも成長した子供にも、立ち入りすぎた非礼をなさない、と決心する方がかえって楽なのかもしれない。

こう思ってから後でも、私はまだしばしば礼を失しているのだが、酒を呑みすぎてべろべろに酔うのも、服装に無頓着なのも、愛がないことになる、という解釈は新鮮である。

『自分の顔、相手の顔』

報いがないからこそ

現世で正確に因果応報があったら、それは自動販売機と同じである。いいことをした分だけいい結果を受けるのだったら、商行為と同じことだ。それを狙《ねら》っていいことをする人だらけになる。人がいいことをするのは報いがなくてもするという純粋性のためである。『それぞれの山頂物語』

家族を裏切らなければ

家族にも友達にも裏切られないで過ごせた、ということは、すばらしいことだ。それだけで、人生は半分以上成功している。言葉を換えて言えば、家族を裏切らなければ、それだけでその人は、数人の家族の心を不信から救ったのである。どんなに立身出世しても、家族を不信に叩き込んでおいて、人生が成功することなどあり得ない。

若い時には、人間は一生の間にどんな大きな仕事でもできるように考えていた。しかし今では、人間が一生にできることは、ほんとうに小さなことだということがわかってしまった。しかし小さいけれど大きなことの中に、この信頼というものが確実に存在している。

『自分の顔、相手の顔』

愛のある家庭を一生持てますように

私はこの頃、自分や家族に与えてください、とお願いすることは、たった一つになった。それは「愛のある家庭を一生持てますように」ということだけである。

家族がお互いに労《いたわ》り合い、笑いのある生活ができますように、ということだけではない。私たちが利己主義ではなく、周囲の人のことを充分に心にかける優しさを持ち続けられますように、と切に願うようになった。どんなに出世しても、どんなに偉大な仕事をしても、自分のことしか考えない、自分のことにしか時間を割《さ》けない生活だったら、その生活は貧しいのだと感じるようになっているのである。

もちろんその後で、私たちが健康で長生きをして、与えられた仕事を充分に果たしますように、とも付け加えるが、最優先するのは、愛があることである。

『晩年の美学を求めて』

なくてはならぬ存在に

中年以後、妻は次第に性の対象ではなくなる。もちろん、妻の方に羞《しゅう》恥心《ちしん》がなくなり、夫の前を平気で裸で歩いたり、お化粧もしないザンバラ髪でいたりする機会が増えることもあろう。しかしそうでなくても、男にとって妻は次第になくてはならない存在になる。母のようにもなるし、見慣れ使い慣れた家具のようにもなる。安らかな空間そのものとも思え、時間が人間の姿を取ったもののように思うこともある。

『中年以後』

与えることを知っている限り

年取って、別に若い者と張り合うことは必要ないが、人間としての原則的な関係は間違いなく平等だ。しかし老年になると、気の緩みからか、もらうことばかり期待して、頑張って一人の暮らしを続けたり、ごく些細《ささい》なことでも人に与えようとする気力に欠ける人がたくさん出て来る。その時人は初めて老年になるのだ。しかし寝たきり老人でも、感謝を忘れなければ、感謝は人に喜びを「与える」のだからやはり壮年なのである。

いきいきとした晩年を過ごしている人たちは、どこかで与えることを知っている人たちである。与えることを知っている限り、その人は何歳であろうと、どんなに体が不自由であろうと、つまり壮年だ。

『晩年の美学を求めて』

楽しい会話がありますか

「沈黙は金、お喋《しゃべ》りは銀」という格言があるが、と書こうとして、後半は私の捏造《ねつぞう》だということがわかった。でも私は、結婚生活の幸不幸は、楽しい会話のできる相手と暮らすかどうかに掛かっている、とさえ思っている。

『自分の顔、相手の顔』

失敗は人間性そのもの

私は夫から、いつも外であったことを話してもらえる楽しさを味わえた。私もまたこまかに、外であったことを喋った。お互いに相手が失敗した話を聞くのは、ことに笑えて楽しかった。失敗を語って怒られたり、ばかにされたり、意見されたりする夫婦は少し大人げがないのだと思う。失敗は人間性そのものである。

『自分の顔、相手の顔』

信頼に応えない関係は

結婚というシェルターみたいなものの存在を充分に利用しながら、浮気という禁断の木の実もおいしい、というような甘えた男女が私はどうも好きになれない。夫以外の男との浮気はどうして心を震わすのだろう、などと聞くと、そんなことにしか心が震えないんですか、と聞き返したくなる。ささやかな人間関係の信頼に応えない人生は、基本のところですばらしくもないし、ドラマチックでもないのである。

『自分の顔、相手の顔』

夫婦は変質する

夫婦がお互いの存在を、片時も意識せずにはいられないという間は、まだ年齢的にも、結婚や同棲の時間から言っても、若いのである。しかし、夫婦は次第に変質する。きれいな表現ができるといいのだが、私の才能ではつまらない言い方しかできない。つまり、夫も妻が少しずつ見慣れた家具のようになるのである。

家具というものは、そこにあることを毎日毎日意識することはない。しかし或《あ》る日、急にそれが運び出されると、後がぽっかりと空虚な感じになる。

『中年以後』

人生をほどほどに成功させる知恵

忘れられるということ

世間には自分が忘れられるのを恐れている人が多いような気がする。銅像を作ったり、自分の名前のついた賞や記念事業をしたがったりする。しかし私は、年を取ったり、死んだりした時、忘れ去られることほどすばらしいことはないと思う。もし私が人殺しでもしていたら、被害者の人たちに、私のことは忘れてくださいと言ったって忘れてもらえるものではない。だから忘れられるというのは、ほどほどに成功した人生の証拠である。私の亡骸《なきがら》が土に返り、その上を吹き過ぎる風も、その土に生える野の花も、何一つ私のことは語らないし知らない。そういう結末は実に明るい。

『自分の顔、相手の顔』

人に殺されもせず、殺しもせず

三十三間堂《さんじゅうさんげんどう》は、まだ子供の時、父母に連れられて来た。長い年月を生きてきて、お堂の暗さの中で、ただ静かに世を去りたいと思う。人に殺されもせず、人を殺しもせず生涯を終われれば、大成功なのである。

『人生の雑事　すべて取り揃え』

生成のために

すべてのものは移り変わり、過ぎて行く。私たちは生まれ合わせた「時」に、誠実に仕えることが大切だろう。破壊するためではなく、生成のために少しでも働ければ、それだけで人生は成功だったとさえ思える。

『それぞれの山頂物語』

すばらしい贈り物

私に言わせれば、四十代、五十代は、満開の花の時代で、六十代だって私の体験からするとかなりすばらしい。体力は確実に落ちているけれど、人生を見る目は確実に深くなっている。だから四十歳から六十五歳までの四分の一世紀間、もし大きな病気もせず普通の生活ができたなら、それはすばらしい贈り物を受けたことになる。

『中年以後』

少しずつ完成する

徳こそは人間を完全に生かす力になる。

すなわち、「思慮分別は理性そのものを、正しさは意志を、中庸《ちゅうよう》は魂の欲情的部分を、勇気は魂の怒りの感情を、完成させる」のだという。

思えば人間の生涯は、そんなに生半可な考えで完成するものではないのだろう。時間もかけ、心も労力もかけて、少しずつ完成する。当然のことだが、完成は中年以後にやっとやって来る。

そのからくりを、私は感謝したい。完成が遅く来るのは、人生が「生きるに価するものだった」と人が言えるように、その過程を緩やかに味わうことができるようにするためであろう。早く完成すれば、死ぬまでが手持ち無沙汰になってしまう。そんな運命の配慮を、私は中年以後まで全く気がつかなかったのである。

『中年以後』

人生への姿勢

夕方、見事な夕陽。相模湾のかなたに落ちる熟柿《じゅくし》に似た夕陽に向けて、海が誘うような金色の道を作っている。私の小説に一貫している人生への或《あ》る種の姿勢は、この夕映えの中でできている。『運命は均される』

引き時は？

中年以後は、引き時を常に頭に入れて生きるべき時なのだろうか。いつまでもそこにしがみついていて、公害ならぬ後害を及ぼしてはならない。それがいわば余生の眼である。

『中年以後』

豊かでも辛《つら》く、貧しくても辛い

一定の年になると、もはや、外見的な人生の幸・不幸に関しては、騙《だま》されなくなる。内面の不幸は個人の問題だから、それはどのような人にも起き得るし、原因は境遇のせいだけではない。しかし人生は、豊かでも辛く、貧しくても辛いことを知るのだ。

『中年以後』

毎日の、朝日、夕陽、時間の生と死

次の世代に言い残すことなど何もない。どの時代も、若者たちは自分で迷い、自分でどうやら答えを出す。残すとしたら知恵と技術と徳の本質そのものを残すことしかない。

朝日と夕陽を見ると、実感としてそれがわかる。人間の存在の卑小さと不完全性が実感できる。現代人が狂い出したのは、朝日が昇り夕陽が沈むその瞬間、つまり毎日毎日繰り返される時間の生と死を、自分の家の窓から見られなくなったからかもしれない。

『晩年の美学を求めて』

多分、運がよかったからだ

若い時は自分の思い通りになることに快感がある。しかし中年以後は、自分程度の見方、予測、希望、などが、裏切られることもある、と納得し、その成り行きに一種の快感を持つこともできるようになるのである。つまり地球は、自分の小賢《こざか》しい知恵では処理できないほど大きな存在だった、と思えるようになる。そう思えれば、まずく行っても自殺するほどに自分を追いつめることもないだろう。反対にうまく行っても多分、自分の功績ではなくて運がよかったからだ、と気楽に考えられるのである。

『中年以後』

思いがけない生涯

人は誰でも皆、思いがけない生涯を送る。いい意味においても、悪い意味においても、である。

『中年以後』

不透明なおもしろさ

総じて年を取るに従って、人間は重層的に、表から裏から斜めから、物事を見られるようになる。それが年と共に開発された才能である。この才能はかなり遅れて開花し、かなり年取ってもまだ延びる芽であろう。

若い時には希望通りにならなかったら人生は失敗だという明快過ぎる論理が適用される。しかし中年以後は人生がどうなってもよくない面があり、どうなってもそれなりにいい面がある、という不透明なおもしろさがわかるようになる。

『中年以後』

自分にできることは限られている

老年や晩年には、もはや残された時間は少なくなっている。自分にできることは限られている。しかもそれは悲しむべきことでもないのだ。その時こそ、私たちは多くの相手に心を残しているのだから、自分の取るべき行動がはっきり見える、という贈り物を受けている。『晩年の美学を求めて』

幸福を味わう知恵

原始的幸福を知らない不幸

基本的、原始的不幸——つまり今日の衣食住を確保されていない不幸——を体験したことのないすべての人は、我々をも含めて、基本的、原始的幸福を発見する技術をもまた見失っているのである。

それは「正しいことの反対もまた正しい」とか「正しくないことの反対もまた正しくないことがある」という論理とよく似ていた。

つまり今晩食べるものがあるということだけで、どれだけ幸福か。今夜、乾いた寝床で寝られるということだけでどれだけの大きな幸せか、を考えたこともない人は、やはりそれなりに幸福を知らないのである。

『中年以後』

飢えの苦しみ

多くの外国で貧乏と言えば、ほんとうにその日に食べるもののない飢えの苦しみを意味する。しかしそういう意味での貧乏など、日本にはホームレスでもないのである。

『それぞれの山頂物語』

すべて自分を育てる肥料

中年は許しの時である。老年と違って、体力も気力も充分に持ち合わせる中で、過去を許し、自分を傷つけた境遇や人を許す。かつて自分を傷つける凶器だと感じた運命を、自分を育てる肥料だったとさえ認識できる強さを持つのが、中年以後である。

『中年以後』

この世にありうべからざるほどにありがたいこと

日本の暮らしの中で、穏やかなもの、健《すこ》やかなもの、清潔なもの、豊かなもの、美的なもの、道理の通っているもの、優しい配慮に包まれているもの、すべてをこの世にありうべからざるほどのうたかたの夢と思う癖は、別にアフリカに行かなくても、ここ数年ずっと私の中で続いている現実稀薄症という病気だが、帰国してしばらくはやはり症状が強く出る。

木々や花などの自然が精巧で美しい。外を歩いても襲われる心配があまりない。食材が複雑。食器が楽しい。皆まともな一夫一婦の暮らし。日本人が笑い出しそうなことが私にはありがたい状況だ。

『人生の雑事　すべて取り揃え』

今日までありがとうございました

生きる限り、自立の能力を保つことは、しかし口で言うほど簡単なことではない。

私の母は俗に言う働き者だったが、一夜にしてまっすぐに歩けなくなり、精神的な能力もすっかり衰えてしまった。脳軟化と言われる症状が起きたのである。

だから、私は今日の自分がどうやら昨日と似たような行動が取れるのは、幸運以外のなにものでもないと思って毎日暮らしている。

私は日本人の平均寿命を生きて死ぬまでに、後十数年あることになっているが、毎晩一言だけ神さまにお礼を言ってから眠ることにしている。祈りは怠け者の私のことだから、数秒しかかからない短いもので「今日までありがとうございました」というのに決めている。もっと長く祈る時もあるのだが、途中で眠くなったり、注意散漫になる時もあるから、最低線を決めたのである。

明日にも私の体に異変が起きて、思考や運動が不自由になるといけないから、今日までのところでお礼を言うことにしたのである。

『晩年の美学を求めて』

日本人の不幸

日本人の不幸は、自分が持っているものの価値をほとんど感じていないところにある。私が幸運にもそうならないのは、毎年のように途上国へ出掛けているからだ。私は地面の上でなくふとんに寝られる幸福を思い、生で飲めるほど清潔な水をいくらでも使えることの幸せに酔う。毎日飽食できるということは、昔なら支配者階級のみの特権だった。

簡単な教育でいて、これは強烈な刺激だ。こういうことをすると、欲望も健全に働いて来て、もしかすると景気回復の引き金になるかもしれない。

『それぞれの山頂物語』

持っているもので

人間は持っているものでできることを示すべきだ。粘着テープしかなかったら粘着テープで、数学の才能があるなら数学で、頭は悪いけれど体力があるなら体力で、社会に尽くせる。それが一番楽しくて自然でいいのである。

『それぞれの山頂物語』

不幸という得難い私有財産

どんな人間も、過去の不幸な記憶を持つなら、それを自分だけの財産か肥料にして、しっかりと自分の中で使えた人は作家にもなれるし、どんな職業にも就ける。それに対してそのような不条理は、国家か社会か会社か組織の責任だとして、不幸の原因を当面の敵に返還し、正義を叫ぶ人は社会活動家になる。

私は強欲《ごうよく》だから、不幸という得難い私有財産を、決して社会にも運命にも税務署にも返却しなかった。私はそれをしっかり溜《た》め込んで肥料にした。その嫌らしさが私の中年以後の姿であった。

『中年以後』

会った人間の数だけ賢くなる

時間というものは、厳しいものだ。どんなに急いでも、時間だけは操作ができない。心がけで時間を濃縮して、テープやビデオの早回しのように急いで人の倍も体験するというわけにはいかない。当然のことだが、若い時には何と言っても、まだ多くの人に会っていないのだ。そして人は、会った人間の数だけ賢くなる。

『中年以後』

すべてのものは使いよう

中年というのは、この世には、神も悪魔もいなくて、ただ人間だけがいるところだということがわかって来る年代である。人間には完全な人もいない。誰でも癖や思い込みがあり、適当ということがない。蛮勇《ばんゆう》に傾くか、臆病《おくびょう》になるか、どちらかである。蛮勇がいいか臆病がいいか、これは一概に言えない。ただはっきりしているのは、蛮勇がことの推移や解決に有効に働く場合もあるし、臆病が安全を保ち時間稼ぎをしてくれる時もある。

すべてのものは使いようだ、と私は思うのである。

『中年以後』

この世でのそれぞれの任務

世の中には、いろいろな任務がある。お手本のような生き方をする人と、さまざまな弱さに溺《おぼ》れて穴の底から空を仰いでいるような人と、それぞれにこの世では違う任務があるのだ。人生の偉大な部分を受け持つ人と、弱さを受け持つ人と、みかけは違うが、任務の大切さは同じである、ということを説明するのはちょっと心理的な根気はいるけれど。

『自分の顔、相手の顔』

この世の一瞬一瞬を楽しく

ヨーロッパやアメリカに住む私の日本人の女友達は、揃いも揃って会話が楽しいということが、一つの特徴だと感じるようになった。

たとえば催しものの会場などで、案内所に人だかりがしているような場合、案内係が、誰からどの程度ていねいに相手になってくれるか、ということはこちらが受ける便利さの程度において重大な違いが出て来る。しかし私の友人がものを尋ねると、みんな魔法にかかったようにていねいに教えてくれる。

まずきちんと「おはようございます」「今日は」に当たる挨拶《あいさつ》をするし、質問に答えてもらった後には必ずていねいにお礼をいう。そうしてもらって当たり前なのではなく、こんなに親切にしてもらえたのは全くの幸運だったという感じでお礼を言うから、相手も気持ちのいい笑顔を返してくれる。

そういう人の特徴は、誰とでもいい、この世の一瞬一瞬を、楽しくするように心がけているということである。

考えてみれば、誰だってこの一瞬一瞬が楽しい方がいい。インインメッツな会話をされたら、逃げ出したくなって当然だ。その反対に尊厳と礼儀にきちんと支えられた会話の相手とは、もう数分余計に付き合いたいと、反射的に思うものなのである。

『それぞれの山頂物語』

人間の証《あかし》

国家や社会の救援も必要だろうが、同時に親戚や町の人や友人が、自分の食べるご飯を減らしてでもその人のために醵金《きょきん》して助ける、というのが「古来も、そして未来も」人を助けることの基本である。動物はほとんどそういう意識的な手助けをしない。人間だけがそれをする。いわばそれが意識のうえでの人間の証である。『自分の顔、相手の顔』

人の魂と出会った

嵐の中や、月明の夜や、凍りつくような厳しい寒さの中や、他に母国語で語る人もいない遠い異国の僻村《へきそん》などでは、人の魂はいつもより厳しく寄り添う姿勢になる。それが私の旅の醍醐味《だいごみ》であった。私はほんとうに人と出会った。というより人の魂と出会った。それには長い年月がかかっていた。

『中年以後』

ちょっと手を貸すのも悪くない

その人が元気で運命が盛大である時には近づかないでいい、と私は思っている。しかし病気になったり、運命が傾いたり、一人になってしまった時には、「介入」もいいことがある。その人を癒《いや》す最大のものは、時間と、その人の勇気なのだが、それに他人がちょっと手を貸すのも悪くないのである。

『それぞれの山頂物語』

いつからでも新しい友を見つけることができる

都会は自由な大海である。広大な砂漠である。一人で気儘《きまま》に旅をすることも可能なら、こっそりとどこかへ逃げ出したり隠れたりすることもできる。勇者にも卑怯者にも都合がいい。そして彼または彼女が開発した新しい世界で、その人に才能と徳がありさえすれば、どこでもいつからでも新しい友を見つけることも可能なのである。

『都会の幸福』

好きな人が増えた

私はいつも人並みな成長をして来た。中年になるほど、好きな人が増えた。若い時は許せなかった人でも、その人の一部が輝いているところが確実に見えるようになった。

若い時からこのような眼力が身についていれば、さぞかしすばらしい人間になったろうが、それは無理なことらしい。人は普通に成長するだけで文句は言えない。それは言葉を換えて言えば、どんな人でも中年になれば、人生と人の理解がずっと深まるということなのだ。

それは純粋に快楽が増えるということだ。私たちは映画館や劇場だけで人生を楽しむのではない。一番すばらしい劇場は、私たちが生きているこの場である。そこを通過するあらゆる人にドラマと魅力を見出せれば、こんな楽しいことはない。

別に中年以後には芝居見物はいりません、というわけではない。しかし劇場の中でも外でもドラマを見られるのが中年だ。

『中年以後』

人脈の基本

人脈の基本は尊敬である。私と友人でなくなった人がいるとすれば、それは私の人格が相手を失望させ、私が相手に対する尊敬を失った時である。そして尊敬を持たない相手は人脈の中に入らない。

『中年以後』

他人の評判に動揺しない知恵

人に誤解されるのはどうでもいい

人生で、何かを知り尽くすことなどできるわけがない。坂谷神父の「(人間に)誤解されるのはどうでもいい」という明快な言葉が、改めて輝くように私の心の中で響いた。私にも神がいてよかった、と思った。

『人生の雑事 すべて取り揃え』

根拠のないもの

誰でも自分の評判というものは気になるものだ。しかし評判ほど、根拠のないものはない。私以外に私のこまかい事情を知っている人はないのに、その知らない他人が私のことを言っているのだから、評判が正しいはずはないのである。それでいてその評判に動かされる人が多い。世間というものが眼に見えない力で圧力をかけるのである。

『自分の顔、相手の顔』

自信のなさの表れ

世間が自分をどう評価するか、ということが気になってならない人というのは、やはり本質的に自信がないのだ。と同時に、自分の才能が世間から過大評価されているのではないか、ということを薄々感じて怯《おび》えてもいる。いや、意識的にはそんなコンプレックスは感じていなくても、意識下で感じているという方が更に正しいだろう。

『自分の顔、相手の顔』

悪評を受けつつ

悪評さえ覚悟すれば地方でも都会でも、かなり完璧な自由を手に入れることができる。しかし実際問題として、悪評を受けつつ生きることが、都会では比較的楽で、地方ではむずかしい。

とにかく、人と同じであることは恥ずかしい、と感じる、その都会的羞恥《しゅうち》が、都会の自由を支えているということはできる。

『都会の幸福』

嫌われてもいい

見捨てられない方がいいが、見捨てられたら、それにもいいことがある。嫌われない方がいいが、嫌われたらそれも風通しのいいことだ。おもしろいものである。

『自分の顔、相手の顔』

自分らしく

人に見られる、という環境の中にいると、歩き方、食べ方、座り方、すべてが違って来る。繰り返すようだが、その人の美醜とは関係なく、である。背は可能な限り伸ばされ、足は二線上ではなく、一線上を歩くように意識的に動かされる。すべての人が体つきに欠陥を持っていると言っても構わないのだが、背の低い人、高すぎる人はその人なりに、太っている人、痩《や》せっぽちはそれなりに、O脚、大根脚もそのままで、自分らしさを出そうとしている人は、きれいなのである。

『都会の幸福』

大人というもの

意識して裏表を使い分けられるのが大人というものだろう。

『自分の顔、相手の顔』

相手を理解するには

私たち日本人は純粋が好きである。裏を考えたり、不純に期待したり、相手を疑ったりすることを嫌う。

言い訳がましくなるけれど、私も本質的にはそうだった。しかし日本人以外の人たちと接しているうちに、それだけでは相手に失礼になるか、相手を全く理解できないことがわかって来た。その結果、裏を考えたり、不純を期待したり、疑ったりすることが、一種の知的操作として私の楽しみになって来た。

『それぞれの山頂物語』

友人のことは喋らない

私が相手に捧げられるほとんど唯一のご恩返しは、相手のことを喋らないことであった。

一人の友人が離婚した。私はその事実を知っていたが、数年の間誰にも言わなかった。それが公然となった時――その夫婦が有名な人だったので――マスコミが私のところへもコメントを求めに来た。

「私はあの方たちのことはお話ししないんです」

と私は言った。

「しかしお親しいんでしょう?」

相手は食い下がってきた。

「ええ、お親しいから言わないんです」

私には死と共に持って行こうと思う友人の秘密が幾つもある。私はその人と親しいと言わず、その人のことを語らないから、友情が続いて来たという実感がある。すべてこれらの経過には時間が要る。だから中年以後にしか人生は熟さないのである。

『中年以後』

ありのままの自分

聖書は、ありのままの自分を認識する勇気を高く評価する。それは人間性の成熟がなければできうることではない。年長者、中年にならなければ、「私も同じようなことをしましたな」「私もそうしたでしょうね」とさらりと言えないのである。

『中年以後』

死を準備する知恵

死を意識する者の特権

自省したり、物事の意味を考えたりするという勇気ある行為は高齢者のもの、死を近くに意識する者の特権である。

『晩年の美学を求めて』

今日の美学を全うして

老年にとって、また死に至る病にある人にとって、半世紀先の平和よりも、今日の美学を一日ずつ全うして生きる方が先決問題だ。死を目前にして、自分の生き方が端正なら、それはどこかで平和にも人間愛にも必ず繋《つな》がっている。

『晩年の美学を求めて』

死に易くする方法

死がなければ、木も風も、星も砂漠も、あんなに輝いているとは思えないだろう。永遠に生きるという運命がもしあるとしたら、それは恩恵ではなく、これ以上ないほどの重い刑罰だ。ほどほどのところで切り上げられるのが死の優しさである。

その時期はまあ、自分ではない誰かが決めてくれるのだから、これまた無責任で楽なものだ。死に易くする方法は二つある。

一つは毎日毎日、楽しかったこと、笑えたことをよくよく覚えておくことだ。私の家庭は自嘲《じちょう》を含めてよく笑っているから、種には事欠かない。

もう一つは、正反対の操作になるが、辛かったこともよくよく覚えておくことだ。死ねば嫌なことからも逃れられる。もう他人に迷惑をかけることもない。私が他人に与えた傷も、私の存在が消えると共に少しは痛みが減るだろう。考えてみるといいことずくめだ。

こんなふうにずっと思い続けているのだが、だからといって決して悟ったと思えたことなどないのである。

『それぞれの山頂物語』

みごとな身辺整理

私は初めて、自分の母の賢さに気がついた。母はわがままな性格で、離婚したあとも一人娘の私を自分の支配下におきたいようなところがあったが、八十三歳で亡くなる数年前から、身辺の整理だけはみごとにやっていた。

母は数個の指輪しか持っていなかったが、まずそれをすべて姪たちにやってしまった。

和服は病院へ行くためのウールが二枚ほど、外に琉球紬《りゅうきゅうつむぎ》が二枚だけあったが、それは私が母に買って来たもので、「これだけは人にあげないでよ。後で私が着るんだから」と言っていたので、母は残しておいたらしい。

草履《ぞうり》も一足だけになっていたところを見ると、自分より若い方たちに何足もあげてしまっていたようである。さらに母は献眼を望んでいて、死後すぐに角膜移植のための処置がなされた。

母は私たちの住んでいた家の庭に、六畳一間にお風呂とトイレがついた離れを建てて住んでいた。

母の死後、私は残されたものを始末したが、その整理はたった半日で済んだ。着ていた浴衣《ゆかた》は、当時まだおむつとして使ってくださる施設があったし、後は全くボロとして捨てればいいだけのものしか残っていなかったのである。

『晩年の美学を求めて』

裸で帰ろう

若かろうと年取っていようと死は必ずやって来る。その前に自分が生きている間に得たものを始末していくことは、「帳尻を合わせる」ことである。その必要性を一番簡潔に書いたものは、旧約聖書の「ヨブ記」の中のヨブの言葉だ。

「わたしは裸で母の胎を出た。

裸でそこに帰ろう（1・21）」

『晩年の美学を求めて』

納得して死ぬために

何歳で死のうと、人間は死の前に、二つのことを点検しているように思われてならない。一つは自分がどれだけ深く人を愛し愛されたかということ。もう一つは、どれだけおもしろい体験をできたか、である。それが人並み以上に豊かであれば納得して、死にやすくなる。『晩年の美学を求めて』

死が繋がっている

父方の叔父の家の法事。
少し早く着いたので、小岩の妙源寺というお寺の墓地を歩いた。私は墓地を見るのが大好きだ。心が休まるし、私の死がこの方たちと繋がっていることを感じて温かい思いになる。

『人生の雑事　すべて取り揃え』

またお会いいたしましょう

朝、三戸浜《みとはま》の家に、東京の三浦朱門から電話。韓国の聖ラザロ村の李《イ》庚宰《キヨンチエ》神父が帰天されたことを知らされた。癌《がん》は快方に向かっていたが、心臓が弱っておられた。

私は神父の弟子であった。師に会えたからこの世で幸せであった。二十六年間、常に神父は私にとって大きな大きな存在であった。長い間、ありがとうございました。またお会いいたしましょう。

『運命は均される』

魂の完成と引換えに

中年以後は誰でも、どこか五体満足ではなくなるのだ。その運命を私たちは肝《きも》に銘じて受け入れるべきなのである。一見健康そうに見えても、糖尿だ、高血圧だ、緑内障だ、痛風だ、神経痛だ、難聴だ、という人はその辺にいくらでもいる。

病気が治りにくくなるということは、死に向いていることだ。それは悲しい残酷なことかもしれないが、誰の上にも一様に見舞う公平な運命である。

しかしその時初めて人間はわかるのだ。歩けることは何とすばらしいか。自分で食べ、排泄できるというのは、何と偉大なことか。更にまだ頭がしっかりしていて多少哲学的なことも考えられるというのは、もしかすると一億円の宝くじを当てたのにも匹敵する僥倖《ぎょうこう》なのかもしれない。

こういうことは中年以前には決して考えないことだった。歩けて当たり前。走れる？　それがどうした。オリンピック選手に比べれば、俺は亀みたいにのろい。ほとんどの人に感謝がないのである。

病気や体力の衰えが望ましいものであるわけはない。しかし突然病気に襲われて、自分の前に時には死に繋がるような壁が現われた時、多くの人は初めて肉体の消滅への道と引換えに魂の完成に向かうのである。

『中年以後』

大人になって死にたい

人間の優しさもいろいろな形を取る。人間の残酷さも表現はさまざまだ。そのからくりを死の前に知って、私は大人になって死にたい。

それゆえにこそ、簡単に人を非難せず、自分の考えだけが正しいとも思わず、短い時間に答えを出そうとは思わず、絶望もせず落胆もせず、地球がユートピアになる日があるなどとは決して信じず、ただこの壮大な矛盾に満ちた人間の生涯を、実におもしろかった、と言って死にたいと思う。深い迷いの中で、とりあえず自分の好みに近い人生を送れたとしたら、それは世界的レベルにおいても、法外な成功だったのだから。もし迷いもなく、簡単に目的に到達してしまっていたら、私はもう生きる目的を失っていたのだ。しかしそうではなかったからこそ、私はどうにかこんな長い年月、生きてこられた。

この矛盾さえ深い哲学的意味を持って、私に優しかった。

『晩年の美学を求めて』

死は少しずつ近づいてくる

私はまだ臨終を体験したことがないので、死の直前に自分がどういう感覚でいるのか知ることができない。ただ、人間の死は急にやって来るものではなく、徐々に近づいているものだ、とは感じている。視力を失う人もいれば、歯がなくなる人もいる。私は坂道を駆け降りることができなくなっているし、大した病気ではないと思うのだが、旅行に行く勇気がない、という友人もいる。

今もたまには、私は自分が一応充分に機能していると思う日がある。体もどこと言って悪いところはないし、頭も（私の能力の範囲でだが）それなりに冴《さ》えている、と感じられる。しかし多分臨終近くには、そうした透明な思考を許される時間がなくなるのだろう。しかしそれはそれなりに一種の救いかな、とは思っている。

『晩年の美学を求めて』

失うことを受け入れる知恵

失う準備

別れに馴れることは容易なことではない。いつも別れは心が締めつけられる。今まで歩けた人が歩けなくなり、今まで見えていた眼が見えなくなり、今まで聞こえていた耳が聞こえなくなっている。そして若い時と違ってそれらの症状は、再び回復するというものではない。

だから、中年を過ぎたら、私たちはいつもいつも失うことに対して準備をし続けていなければならないのだ。失う準備というのは、準備して失わないようにする、ということではない。失うことを受け入れる、という準備態勢を作っておくのである。

準備をしたからといって、失った時に平気にはなれないだろう。しかしいきなり天から降ってきたようにその運命をおしつけられるよりはまだましかもしれない。

『中年以後』

神の優しさ

人生の意味の発見というものほど、私には楽しく、眩《まぶ》しく思われるものはない。その発見は義務教育でも有名大学でも、学ぶことを教えてもらえない。強いて言えば、読書、悲しみと感謝を知ること、利己的でないこと、すべてを楽しむこと、が、そこに到達することに役立つだろう。

一患者は病まなければ、ここまでみごとな人間には高められなかった。しかしだからと言って、人間が病気になるのを放置する人も希望する人もいない。人間にとって願わしいのは、健康である。ただ神はそうした人間の選択に二重の「保険」をかけられた。人間は健康である方がいい。しかし仮に健康を失ってもなお、人間として燦然《さんぜん》と輝く道は残されているということだ。これは何という運命の、そしてその背後にいる神の優しさなのだろう。

『晩年の美学を求めて』

失うもの

失うものは、愛する人々、家、財産、書画骨董《こっとう》ばかりではない。普通の人が中年以後に体験する新たな訣別《けつべつ》は、体力や健康への自信の喪失という形になって現われる。

たいていの人が、或る年を節目《ふしめ》に、病気をする。肝機能の数値があまりよくないと言われたり、急に高血圧になったり、体のどこかが痛くなったりする。若い時の病気はほとんど治るものだが、いったん調子が悪くなった肝臓や血圧は、一月経《ひとつきた》てば必ず治るというものではない。一生付き合って、騙し騙し暮らさねばならない。

私も人並みに、昨年足を折った。骨が硬かったのはよかったのだが、そのために足の二本の骨を、一本を縦割り、一本を横割りという盛大な折り方をしたのである。夫はその瞬間から、私の足はもしかすると元通りに治らないかもしれない、と考えたという。厳密に言うと私の足は九〇パーセント元へ戻った。歩く時、私が骨折の後だとわかる人はほとんどいないだろうと思う、と自分では思っている。しかし和室の畳からすらりと立てなくなった。踝《くるぶし》の骨が以前より太く硬くぎこちなくなり、筋がまだどこかで引きつれているからである。私の仕事が怠惰な小説家だったことは本当によかったと思うのはこういう時である。私がもし茶道の先生だったら、これできちんとお茶席に坐って教えることはできなくなったと言うべきなのである。

『中年以後』

男性では、髪の毛の薄くなったことをひどく気にする人が多い。ほんとうは女の皺《しわ》も男の髪も、他人はそれほど気にしてはいないと思うのだが、テレビに男性用かつらの広告があれほどしばしば登場するのを見ると、多分気にしているのだと思う。

健康と病気、両方込みで

フランスのルルドという町のことについて少し触《ふ》れる。人間は、健康と病気と込みで人生を生きていることをこの町は感じさせる。

ヒポクラテスも書いている。

「賢い人間は健康を最も大きい祝福と考え、病気は思考において有益なことを考える時だ、と知らねばならない」

『運命は均される』

健康管理は蓄積

健康管理は蓄積だ。
それは、宝くじを狙う人よりも毎日毎日ブタの貯金箱に小銭を入れる人の方がお金を溜めるのと同じで、毎日、暴飲暴食をせず、バランスのいい食事を何十年とし続けて手に入れるより仕方がないものなのであろう。

『自分の顔、相手の顔』

当たり前のことができなくなる

老世代は「健康が何よりですね。年を取るとそれをしみじみ感じますね」と言う。人並みなことや当たり前なことは、健康なうちや若い時は、少しもいいこととして実感されない。若い時は、歩けて当たり前、食べられて当たり前、自分で思うように排泄ができて当たり前なのだ。

しかし七十歳、八十歳になると、次第に当たり前のことができなくなるのを感じる。

腰やひざが痛くなって歩けなくなる。義歯になったり胃の病気をしたりして、思うように食べられなくなる。排泄の不調はことに深刻だ。おむつを人に換えてもらうようになれば、人格の尊厳が失われるように感じる人まで出る。

こうなると暗くなって当然かもしれない。しかし身の不幸を嘆いて「こんな生活なら死んだ方がましだ」と呟《つぶや》いたり、世話をしてくれる人のやり方が気に食わないと言って当たり散らしたりすると、介護する側はいっそう気が滅入《めい》ってしまう。

それでも日本の社会と人は、国民を見捨てはしない。

『晩年の美学を求めて』

誰も困らない

誰がいなくても、世界は着実に動いて行くのである。中年以後に意識すべきことは、自分がいなくても誰も困らない、という現実を認識することである。自分がいなくていいなんて情けない、というかもしれないが、誰がいなくてもこの世はちゃんと運営されるから、私たちは基本的な安心を確保されている。

『中年以後』

自分が消える日のために

人生の最後に、収束という過程を通ってこそ、人間は分《ぶん》を知るのだとこのごろ思うようになった。無理なく、みじめと思わずに、少しずつ自分が消える日のために、ことを準備するのである。成長が過程なら、この時期も立派な過程である。

余計なものはもう買わない。それどころか、できるだけあげるか捨てて、身軽になって置かねばならない。家族に残してやらねばならない特別の理由のある人は別として、家も自分が死んだ時にちょうど朽ちるか古くなるように計算できれば最上だ。

『中年以後』

人権のないところ

人権、人権の大合唱の中で、最近、ほんとうに人権がない、と思う場所の実情を見た。

身近な人が、心臓の発作で、救急車で入院して集中治療室に入ったのである。見舞いに行ったら、意識もちゃんとあって顔を見たら喜ぶだろうから、面会をして行ってください、と言われた。

全く恐るべき空間であった。医師たちはいい方たちだと評判はいい。インフォームド・コンセントもしっかり行われているし、見に来てくださる女医さんも優しくて明るい。

しかし今の集中治療室というものは、意識のない人に限って入れるのを許す、と考えるべきではないだろうか、と思った。病人はもともと洒脱《しゃだつ》な人だから、私の言う冗談もちゃんと受け止めるほどはっきりしている。私が、「そんなにわがままを言うと美人の看護婦さんに嫌われますよ」とか「心電図がついているから、何でもわかるんですよ。ヨコシマなことを考えると横に縞がでるんだから」などと言うと、ニヤリと笑うくらいお洒落《しゃれ》な精神は衰えていない。その人が微《かす》かな声で「こんな所は人間のいる場所じゃない」と囁《ささや》く。精いっぱいの訴えである。

あんな無機的な部屋で、意識のある人が暮らせると思うなら、医師自身があそこへ一週間くらい入ってみたらいい。当然なことだとは思うが、植物の気配も窓からの眺めもない。時間を潰《つぶ》すテレビもラジオもなければ、新聞も読ませてくれない。疲れ切っている家族が付き添ってせめてもの会話を楽しめる穏やかな空間もない。

あんなところで一刻一刻を、意識のある人がどうして耐えるのだ。今の私だったらまだ耳がいいから、机のところで喋っている医師や看護婦さんたちの会話を盗み聞きするという楽しみくらいは残っているかもしれない、と思ったが、高齢になって耳が遠くなったら、そんなことも不可能だ。

『それぞれの山頂物語』

すべては仮初めの幻

長く生きれば、「得る」こともあるだろうが、それ以上に「失う」ものも多いのだ。それが中年以後の宿命である。

新約聖書の中には、四つの福音書と共に、十三通の聖パウロの書簡が含まれている。

聖パウロはいわゆる十二使徒ではなかったが、初代教会を建てる上で最大の功績があった人である。しかも聖パウロは、実に表現力の豊かな人であった。その文章はいたるところで深く人の心を捉える。そして聖パウロはまさに中年以後の人に対しても、心を抉《えぐ》るようなすさまじい言葉を贈っている。

「兄弟たち、わたしはこう言いたい。定められた時は迫っています。今からは、妻のある人はない人のように、泣く人は泣かない人のように、喜ぶ人は喜ばない人のように、物を買う人は持たない人のように、世の事にかかわっている人は、かかわりのない人のようにすべきです。この世の有様《ありさま》は過ぎ去るからです」（コリントの信徒への手紙一　7・29〜31）

妻と過ごす生活を楽しんでもいいのだ。泣くほどの辛いことがある時、泣いてもいいのだ。嬉しさに舞い上がりそうな時は、舞い上がってもいいのだ。すべてのことにかかわってもいい。

しかしそのすべては仮初《かりそ》めの幻のようなものだから、深く心に思わないことだ、と聖パウロは警告したのである。

『中年以後』

生の本質を見つける才能

人間は中年以後の、肉体の衰えと共に、生の本質を見つける才能を得るのである。

『中年以後』

魂を輝かせる知恵

徳だけである

中年以後、外見は衰えるばかりである。三段腹、二重顎《あご》、猫背、白髪、禿《は》げ、たるみ、その他あらゆることが決していい方には行かない。その時に、不思議な輝きを増すのが、徳だけなのである。

『中年以後』

魂は中年に成熟する

醜いこと、惨めなこと、にも手応えのある人生を見出せるのが中年だ。女も男も、その人を評価するとすれば、外見ではなく、どこかで輝いている魂、或《あ》いは存在感そのものだということを、無理なく認められるのが中年だ。魂というものは、例外を除いて、中年になって初めて成熟する面がある。

『中年以後』

徳の存在

人間は寛大という徳を持つだけで偉大である。しかしそれらすべての徳の存在は、家族が話し合うから確かめられるのだと、私は思っている。

『自分の顔、相手の顔』

徳のない人

中年になっても、いささかも「奉仕貢献」などしようと思わない人は、徳がないのだ。徳がないことは卓越もしていない証拠なのだ。少なくとも、ギリシア人は、もう数千年も前からそう考えた。

中年になっても、確信を持って人と違うことを言ったりしたりする勇気を持たない人は、徳もないのだ。当然卓越もしていない、とギリシア人は考えた。この偉大な連動的な思考に私は圧倒される。

『中年以後』

語る芸術

大人は、自分が見聞きしたこと、感じたこと、苦労したことを、整理して語って聞かせることが、家族や友人や職場の人への優しさであり、義務であり、社交であり、教育であり、連帯である、ということを次第に感じるようになる。整理して、と言ったのは、だらだらと自分の思いのままを述べるのでは、相手もうんざりするからだ。おもしろいことに、愚痴でさえ、表現が下手だとうんざりする話になるが、整理がいいと芸術になり得る。

『自分の顔、相手の顔』

人間を止めることさえしなければ

男性や同性の眼から見ても、女性として何のお洒落気もなくなった人でも、人間を止めることさえしなければ、数秒後にはその輝きはあらわになるものなのである。そして往々にして皮肉なことに、外面的な魅力が失《う》せた後にこそ、人としての魂の栄光だけは強烈に前面に出るのである。

『中年以後』

充分自分を育てる時間があったはず

中年以後は、自分を充分に律しなくてはならない。自分にしっかりとした轡《くつわ》をかけて、自分の好きな足どりで、しっかり自分自身を馭《ぎょ》さなくてはならない。

もう結果を人のせいにできる年ではないのだ。普通の人なら、親と離れてからの時間の方が長い。たとえ親がどんな人であろうと、その間に充分自分を育てる時間もあったはずだ。

中年以後がもし利己的であったら、それはまことに幼く醜く、白けたものになる。老年は自分のことだけでなく、人のことを充分に考える年だ。自分の運命だけでなく、人の運命さえも、もしそれが流されているならば、何とかして手を差し延べて救おうとすべき年齢なのである。

『中年以後』

自分の好みで生きる他はない

人は誰も、自分の偏《かたよ》った好みで生きる他はない。しかし老成した人は、誰にも人はそれぞれの美学や好みがあることを、骨身に染みてわかるようになっている。

『晩年の美学を求めて』

やっと人間になる時

青春時代には、たいていの人が、どんな秀才でも、人間の持ち味が浅いのである。しかし中年になると、何となく複雑な味のある人になっていることはよくあるのだ。中年になってやっと人は「人間」になるのだろう。

『中年以後』

流されないで生きる知恵

よさも悪さも半分半分

考えてみると人間世界は大体よさも悪さも半分半分だ。私は作家としてそれを伝え、一人の人間としてはそのあいまいさをいとおしむことにして来た。半分の悪や半分の狡《ずる》さを残すことを少しも非難する気はなかった。なぜなら、自分が半分狡いと認めている人は、必ず半分の狡くない部分を残している。半分悪いと自覚している人は、必ず半分の輝いた部分を持っている。自分は全部いいという人は、多分全部嘘なのである。

『それぞれの山頂物語』

いいことも悪いことも

人はいいことだけをするのではない。いいことだけをしようとしてもむりだ。時には悪いこともする、と考えればあまり追い詰められた気分にならなくて済む。

『晩年の美学を求めて』

複雑な見方をできる能力

日本の教育は、物の判断については大人になれ、ということさえ教えなかった節がある。どんなに年を取っても、子供の如き純粋さを残している人がいいのだ、の一点張りであった。

その点、聖書はそうではない。子供っぽさをやめて、ちゃんと大人の見方をすることがいいのだと容認している。それは、平ったく言えば、複雑な見方をできるようになる能力のことだ。

『中年以後』

物の判断については大人に

もちろん誰の心にも部分的に、いい年をして子供の時のまま、という部分は残っている。しかし聖書の中で聖パウロは、いみじくも子供であることと、子供っぽいこととの違いをはっきりと衝《つ》いている。

「物の判断については子供となってはいけません。悪事については幼子となり、物の判断については大人になってください」（コリントの信徒への手紙一14・20）

『中年以後』

絶対に安全というものはない

どんなに用心しても、人は思いもかけない突発事故に巻き込まれたり、昨日まで元気だったのに突如として病に冒されたりする。

ガス、水道、電気、原発、鉄道、道路、橋、船、飛行機など、安全をいささかでもなおざりにしたらただちに大きな事故に繋がるものもあるから、決してそれらのものの運営に気を抜いていいということではないけれど、いかなるものも絶対に安全というものはないし、安心して暮らせる世の中などというものもないということを、認識するのもさせるのも、一つの教育的な姿勢だろう、と思う。

『自分の顔、相手の顔』

建前と本音

人間社会のことは、決して単純ではない。建前《たてまえ》と本音があって当然だ。人の言葉には裏もあり、裏の裏もある。裏があるから、人生は補強されるのだ。裏がなかったらすぐ破れるだろう。建前を言うのはいいのだが、本音を自覚しない時もすぐ破れるような気がする。

『それぞれの山頂物語』

神が許すかどうか

正義というものを、日本人は、裁判の冤罪《えんざい》を防ぐことや、差別をなくすことや、少数民族が平等に扱われることや、弱者を助けることなどだと考える。これらの関係は、社会で人間と人間の間の横の関係を示す。しかし正義はほんとうは人間と神との間の縦の関係のことである。つまり神と人間が折り目正しい関係にあることだけが、正義なのだ。

だから社会の常識も世評もたいした支えにはならない。自分の心に照らして、神もこのことを許すかどうか、もし許さないとしたら、許されるようにすることが正義なのである。

『自分の顔、相手の顔』

負い目を自覚すること

正しさとは、他者に対する負い目を自覚することだという。私たちはさまざまなものに育てられた。親、家族、恩人、先生、郷土、社会、祖国などである。そこから受けた負い目を支払うのが正しさであるとトマス・アクィナスは規定する。

『中年以後』

自由もただではない

身の危険を感じない範囲で、自分の意見を述べるいささかの勇気さえもない人に、ほんとうは自由を要求する資格などない。すべてのものは、代価を払って受ける。自由もただではない。

『自分の顔、相手の顔』

うち流に暮らす

世間はどうあろうと、うちはうちとして、「うち流に暮らす」のが私は好きなのだが、それを実行するには、各人がいささかの「勇気」を持たねばならない。

『自分の顔、相手の顔』

勇気は徳そのもの

勇気はギリシャ語でアレーテーというのだが、それはまず善いこと、であり、気高いことと定義される。と同時に、卓越、徳、奉仕、貢献を示す言葉でもある。勇気はつまり徳そのものなのである。

そうだろう。人が言うから簡単に考えを変えてその通りにするのでは奴《ど》隷《れい》の思想である。『自分の顔、相手の顔』

びくびくせずに旅行できる知恵

外国へ行く理由

私が外国へ行くのが好きなのは、ほとんどたった一つの理由からだ、というこことが最近わかって来た。

私はもう若くないから長い間飛行機に乗るのも、時差がなかなか抜けないのもけっこう辛い。しかし多くの日本人が当然で正当と思って疑わないようなことが、外国に行くとそうではないことがわかるので、その文化シヨックが楽しくて行くのである。

たとえば日本人にとって人を疑うということはよくない行為だとされているが、日本人以外の人にとって、知らない人を疑うということは、当然の反応であり行為である。それをしない人はつまりバカだということだ。「盗む方が悪い」と日本人は言い、事実私もその通りだと思うが、日本以外の土地では盗まれる方も油断があったから悪いということになるらしい。人々はどこでも鍵束を持ち歩いている。家のドアの鍵だけでなく、戸棚にも鍵をかける。

『それぞれの山頂物語』

いささかの危険を容認しなければ

夜六時から財団八階の食堂の一隅で、今年度の「貧困視察旅行」の打ち合わせ会。外務省の危険度ではまだ最悪の5段階のまま残されているシエラレオーネの治安状況も不安なまま。マラリア予防薬を飲むか飲まないかを決めるのは、自己責任でお願いいたします、と言う。

私はいつも多分かからないだろう、ということにして予防薬を飲まない。飲むと吐くほどだったので止めたのである。

人生すべて、理性的予測と賭けの要素とが対立して襲って来る。安全と危険も対立する。いささかの危険を容認しなければ、人とは違った勉強もできないことははっきりしている。しかし私はほんとうは非常に臆病な性格だと思っている。

『人生の雑事 すべて取り揃え』

旅のこつ

私が旅先で病気をしないこつは、少しだけ利己主義な生き方をしているからだ。人がお酒を飲んでいる時でも「お休み」と言ってさっさと寝てしまい、「付き合いの悪い奴だ」と思われようが「あの人も年取った」と言われようが、全く意にも止めずに自分のペースを守っている。私はもう若い時から夜は早く寝て朝は夜明けと共に活動を始める野生動物型なのである。

旅先で病気をしないのは、一にも二にも夜早く寝るからなのだ。私は睡眠時間が少なくていいのだが、それでも旅行中は修道僧のような禁欲的生き方をする。

『晩年の美学を求めて』

部分的障害を持つ人のために

観光地も閑《ひま》なのだという。そういう時こそ、知人の温泉宿になど行かせてもらいたいのだが、一つだけ困ることがある。私はもう畳に坐ることが苦行なのである。畳に坐ったり立ったりが脚を鍛えるのにいい、ということはわかっているが、私は数年前に脚を怪我《けが》してからまだ正座ができない。畳に坐ってご飯を食べるだけで苦痛で味がわからなくなる。温泉でだらけた気分にして頂こうという時にまで、苦行をする気にはならないのである。

これからは、高齢者が増えて、私のような部分的障害を持つ人はどんどん増えるだろう。畳に坐らないと落ち着かない、という人もいることはわかっているけれど、一方で日本旅館が畳だから行きたくない、という人も増えているはずだ。やや低めの椅子のテーブルに日本料理を出してくれたら、もともと温泉好きなのだからすぐにでも出掛けてしまいそうな気がする。

飛行機に乗る度に思うこともある。出国管理の手続きをする場所と飛行機との間、手荷物を運んでくれる空港版の「赤帽さん」がいてもいいということだ。それから飛行機の中では、上空に上がってから、めいめいの座席から電源を取ってコンピューターなどを使える装置があったら、その飛行機会社を選んで乗るだろう、と思う（このエッセイを現実に書いた時点から本になるまでの間に、この通りのサービスを始めた航空会社があらわれた）。

『それぞれの山頂物語』

結果は当人の責任

強制が行われていないなら、結果は当人の責任である。危険が予測されたり、不愉快だったりしたら、当人がそれを避ければいいのだから。これが原則である。

その上で「お客さん、夏はお気をつけくださいよ。生ものは足が早いですから」と一言言うのは親切になる。『それぞれの山頂物語』

足腰不自由な人こそ旅行へ

足腰不自由な人は旅行に出るのが一番いい。おかしなコギャル、おいしい「餌」、生の証を感じさせるような景色に釣られて、歩いてしまう。どうせ一度は死ぬのだからびくびくしないで旅行すべし。

『人生の雑事　すべて取り揃え』

老年の知恵

できないのと、しないのとが、癒着《ゆちゃく》する。自立がいいことだと思わないと、自律しようという気分にもならない。一人の人間として慎ましく生きることへの訓練を、なおざりにして来た環境が許されると、関節でも脳でもすぐ錆びつく。始終体操をしていなければならないのが老年である。やれやれだが、その切羽《せっぱ》詰まった危機感を失ってはならないのである。

『晩年の美学を求めて』

生活から引退しない知恵

残り物をうまく組み合わせて

高齢者も死病の人も、できる限り生活から引退してはならない。私も何度か老人ホームに憧れ、今でもついに体が利《き》かなくなれば、やはりそうした施設と組織のお世話になる他はないとも思うが、しかし最近では、よくできた施設で暮らすことの危険性を感じ出している。

そうした所にいる人達の特徴は、頭も運動機能もまだ充分なのに、一様に食事を自分で作らなくてもいいことを利点としてあげていることだ。

確かに私も忙しい日に食事の支度《したく》をしようと思うと、どうしたら手が抜けるかを考える。外食も悪くはないなあ、と思う。

しかし毎日自分で食事の支度をすることは、何よりの頭と気力のトレーニングであろう。食品や冷蔵庫の管理というものは、実は意外と頭を使うものだ。

私は自分がけちなせいか、食料品を残したり捨てたりすることが嫌でたまらない。残り物をうまく組み合わせて、何ができるかと毎日考えている。買いものに出るのが面倒くさいと、残った材料だけでどんなおかずができるかも考える。


『晩年の美学を求めて』

小さな配慮で便利な暮らし

これからは老人の一人暮らしも増える。

今までのようにおせんべいの封も、ジャムの壜《びん》も、コンビーフの缶《かん》の口も、頑丈《がんじょう》一点張りで、硬くてなかなか開かないとなると、一人ではどうにもならずに、食べないで置いておく老人も増えそうだ。身辺に鋏《はさみ》や缶開けの道具などを置けばいいのだが、そういう配慮もできなくなり、指先も効かなくなるのが、老齢というものなのである。

老人用の開けやすい封や缶や壜の開発も必要になって来る。自分の体が効くからと言って、相手のことを考えないやり方は、日本人の美徳ではなかった。

私の母たちの世代は常に、「あちらさまのことを考えてしなくちゃいけないよ」と子供にしつけたものだった。

小さな配慮で、暮らしは簡単に便利になる。電報と宅配便の書式の改変くらい簡単なものだろうが、いつになっても改善される気配はない。


『それぞれの山頂物語』

自分の餌《えさ》は自分の力で

私は高齢者が自分の気に入った施設に入って三度の食事を自分では作らなくて済むようになることを、長年の夢とし、家事からの解放を楽しむことを一概に悪いとは言わない。

健康状態が家事労働に耐えられなくなったらすべての人がそうするより仕方がない。自分ではできると思っていても、ぼけて火を使われることは危険で困る、と周囲が危惧《きぐ》を覚えるような状態になることもある。

しかし人間をも含むすべての動物は、最後まで歯を食いしばって自分で餌の調達をすることがむしろ自然だろう。そして私のような性格は、恐らく食事のことを心配しなくてよくなったら、急速に老化が早まるだろう、と思うのである。

『晩年の美学を求めて』

人をご飯に誘おう

全く性格の違いによるものだろうと思うが、私の母は人をよぶことをやや億劫《おっくう》がるところがあった。きちんとごちそうを出さなければいけない、と思うかららしいが、私はそうでないから、うちではいつも気楽に誰かがご飯を食べている。鮭《さけ》の切り身が人数分だけない時は、三分の一くらいに小さく切って、大皿に知らん顔して出しておくようなことをするから、人をご飯に誘って具合の悪い日などない。

『都会の幸福』

家事は段取り

　家事は段取りの連続であることを思うべきだ。頭の体操にはこれほどいいことはない。だからその段取りの手順をまちがえると、こっけいな失敗談もたくさんできる。それほど家事は高級な作業でもある。

　サトイモを煮る時、滑《ぬめ》りもよく取らず蓋《ふた》をすれば、吹き上がった泡は調理台いっぱいに吹きこぼれて悲惨なものだ。電球を替える時には、古い球をどこへ置くかを決めてから脚立《きゃたつ》に乗らないと、空中で二つの電球をどうしたらいいのかわからなくなる。

　年寄りの事故で割に多いのは、お風呂の温度を見ずにいきなり浴槽に入って火傷《やけど》をすることである。こういう人は、いい奥さんに恵まれていたから、お風呂は常に適温で用意されていると甘く思い込んでいたのだろうが、私などは、常に人を頼ってはいけない、と思って来たから、お湯は必ず自分で手を入れて温度を確かめてみてから入る。今となっては、ありがたい癖がついていると言うべきだろう。

しかし年を取ると、ますます段取りは人がしてくれると思う。旅行カバンの中身も、用意するのは自分ではない。

旅館を予約するのも、親戚の娘に結婚の祝い金をそれなりの封筒に入れて送るのも、すべて子供か配偶者の仕事になる。礼状を書くことも、銀行のお金の管理も、すべて人がやってくれると当てにする人もいる。しかしそれを惚けの結果だとは決して認めない。自分の立場ではもうしなくていいのだ、と決める。

『晩年の美学を求めて』

老後の備え

東京の家に帰って来てみたら、頼んで出掛けた居間の改造ができていた。四十年近い古家を「とにかく明るくしてください」というのが目的だったのだ。電気の照明器具もこの際、蓋《ふた》がなくて位置が低くて、電球を替えやすいシステムにした。

これが私の老後の備えのつもりなのである。

『人生の雑事　すべて取り揃え』

料理や掃除はできるのだけど

少し風邪気味。体が不調になるとまず書けなくなる。料理や掃除などはけっこうできるのだが。

『人生の雑事　すべて取り揃え』

不自由には按配《あんばい》を

私も一時腰痛に悩んだ時期があった。

私は料理が好きで、三十分ほどワープロに向かうと、必ず立ち上がって台所に料理をしに行く。

夫に言わせれば、集中力がないのである。しかし腰痛にはいいことだ、と整体の先生には褒められた。

どうせ凝《こ》ったものなんか作ることはないので、ブリ大根とか、身欠き鰊《にしん》の煮つけなんかを煮ているのだが、腰痛時代には、何が辛いと言って、流しの下の棚に納めてあるお鍋を屈《かが》んで取り出すのが辛くて堪《たま》らなかった。

あまり屈むのが辛いと、料理そのものを止めようかと思う。怠惰な私は、その時、鍋をしまうことを止めた。醜くても棚の上にずらりと並べて、いつでも適当な大きさのを取り出せるようにしたのである。

腰痛に悩む人だけではない。咳《せき》、節々の痛み、視力の低下、手足のむくみなど、その人なりの不自由を感じている人は実に多い。

その時、だれもが、私のような工夫をする。自分ができるように、按配をする。按配とは古い言葉だが「加減」という意味で便利な言葉だ。

『晩年の美学を求めて』

物を片づけると

家で集中して淋巴《リンパ》マッサージを受ける。大根を煮る。棚の上の不要な物を棄てる。物を片づけると体が軽くなるような気がする。

『人生の雑事 すべて取り揃え』

手に余ることがない規模

仕事でも趣味でも自分が楽しめる実生活の規模でも、自分の手に余ることがないよう、その範囲を賢く現実的に見定める気力体力は、中年にしかないものなのだ。

『中年以後』

何でもしてみよう

すべて人生のことは「させられる」と思うから辛かったり惨めになるので、「してみよう」と思うと何でも道楽になる。

『自分の顔、相手の顔』

お金に惑わされない知恵

物もお金も生きる道

金銭的な大きな幸運は羨《うらや》むほどのことではないのである。賞というようなものが与えられる時、多くの人は、もうお金が自分のためには要らない状態になっている。

あるいは、前後の行きがかりから、賞金を自分のものにはできないようになっていることもある。賞金は多くの場合、それが要らない人に与えられるものなのである。

　ほかのすべての予期しない幸運もそうだ。悪銭は身につかない、と言うが、自分でこつこつ勝ち取ったものでない限り、ほとんどすべての幸運と金銭は身につかない。それどころか、堕落、病気、裏切り、退廃、不和などの種になることが多い。

　自分が必要とするものだけ、感謝して使うことを運命に許してもらい、後は、要る人に回す。そうすれば、物もお金も生きる。私たちは、人も物もお金も殺すべきではないだろう。

『それぞれの山頂物語』

自分のお金を使う楽しさ

少なくとも私は、自分のお金で遊んだり勉強した時が、一番楽しく手応えがあった。この事実の背後には、或る素朴な真実が隠されている。「ヒモつきの金」という言葉は実によくできているということだ。世間は決して無駄なことに金は払わない。だから、私に誰かが金を出すという時には、その分だけその人は自分の意図の許《もと》に私を働かせようとしているのである。だから人の金を使うと、私は自分の楽しみで、時間や目的や相手を選ぶことができない。私は完全に自分の時間を売り渡すことになるのである。

『中年以後』

ほんとうに自由な人

自分の金なら、そしてそれが税金を払った金なら、税務署も何に使ってはいけないと別に指図はしないのである。その金も、自分の働きで得たものでなければ、必ず誰かがどこかのヒモつきになる。

親の金であっても、親が死なない限り不自由なものだ。自分で働いてその分だけで楽しむというのが、ほんとうの自由な人というものなのである。

『自分の顔、相手の顔』

人のお金には厳密でなければならない

人と世間を舐《な》めて考えてはいけない。人のお金を預かる立場は厳密を要する。だらしなくしたければ、自分のお金を使えばいいのである。

『それぞれの山頂物語』

人のお金は怖い

人のお金は怖い、というのが私の実感だ。私も今仕事の上で人のお金を扱っているが、職場でいつも繰り返すのは十円のお金でも、何のためにどう使ったか、いつでも詳しく説明できる体制を取る、ということだ。お金は出先と目的を正確に示すことができ、またその必要性に関しては、どれだけでも人間的な側面から説明ができるものだ。それができない時は疑われても仕方がないのである。

『それぞれの山頂物語』

小金は人を幸福にする

人間は途方もない大金を手にするとほとんど必ず不幸になるか適切に使い切れないかどちらかだが、小金をもらうと多くの人が他愛なく幸福になる。だから年を取ったら、身近な人に少し「小遣い」をやるといいのである。

『晩年の美学を求めて』

頼み事は商行為

頼み事はきちんとした商行為に乗せることだ。

『晩年の美学を求めて』

損な役回りを引き受ける人

私はこの頃、中年になったら、個人的な生活でも、勤め先でも、一見損な役回りをかってでられる人ほど、魅力があるように思うようになった。

皆がそれを利用してできないほどの仕事を押しつける、というような結果になってはいけないのだが、親でも、結婚しない兄弟でもいいのだが、その老後を引き受け、財産の相続にはそれほど執着しない、というような人がいたら、それは、実際にその人の実力——優しさや、運命をおおらかに受け入れる気力——を表している場合が多いから、深い尊敬を覚えるのである。

身内の人々には文句なしに尽くした方が、その人は後で気分がいいのだろうと思う。

親に何も尽くさなかった人は、見ていてもぎすぎすした生活を送っているように見えることが多い。親と最後までできる限り付き合って来た人には、その点、運命の自然な恩寵《おんちょう》を感じることがある。やるべきことをやった人、というのは、後半生が爽やかなのである。

『中年以後』

お金の喧嘩《けんか》

常識ではお金の喧嘩は「無いから起きる」のだが、私が見ている限り、有る人でもやっている。それどころか、お金の有る人ほど、強欲だ。

『中年以後』

お金を払わなければならないという原則

自立はむしろまず経済から始まる、と言ってもいい。自分が一人でできないことには、人を頼んでお金を払わねばならない、という原則を認めることだ。それができない時には、したくても我慢し、諦め、平然としていることだ。

『晩年の美学を求めて』

お金というもの

お金というものは、勤労の対象としての報酬か、売買の手段か、いずれにせよ、積極的で対等で、合理性と尊厳を持った関係の結果で動かなければならない。

『それぞれの山頂物語』

心ぜいたくに暮らす知恵

私の道楽

私は実はぜいたくであった。若い時から海の傍に住みたいとしきりに願っていた。それで東京の家を建て直す前に、三浦半島の海に面した台地の、まだ誰一人として住んでいない土地に開拓者のように家を建てた。

それも三十年くらい前のことである。それは別荘なのだが、世間の常識と違って実によく使っていた。一年のうち確実に二月《ふたつき》はそこで暮らし、原稿を書き、少しの時間があれば畑に出た。

私はそこに柑橘《かんきつ》類、キイウィ、お茶、柿、タラ、アケビなど、何でも植えた。花もやたらに作った。

玄人《くろうと》だったらとっくに収穫があるはずの年月の一・五倍はかかったが、それらのものはすべて遅ればせにでも実をつけ、咲き始めた。元を取ったとは決して言い切れないが、わが家の食卓にはいつも畑で採れた新鮮な野菜が並ぶ。

夫はケチなので、妻の道楽にかけた費用が全く消えるのではなく、食費の軽減になっているということで文句を言うことはなかった。『中年以後』

都会から教養を、自然から哲学を

都会では生きるだけで、私たちは教養を得る。なぜなら、自然の稀薄な都会にあっては、人間が受ける刺戟《しげき》の大半は、人工的なものだから、それはすなわち文化とも教養とも深い関係があるのである。その代わり、地方において濃密な自然からは、人間は哲学を学ぶはずである。

『都会の幸福』

人工の美、人工の醜

よく機能した都会というものは、私たちの祖先・先輩たちが努力して作り上げてきた成果を示す最も神聖な場所として、私は深い尊敬を持ってそこに佇《たたず》むのである。都会は自然破壊の結果としての場所どころか、すべての人間の知性が高度に結集された場所である。ここには、人工の美が凝縮している。人工の醜もこびりついている。それは地方に自然の美と自然の酷が集まっているのと対《つい》をなしている。

『都会の幸福』

歩くこと、生活することは同じこと

二日のお休みで大分体が休まった。『新潮』一月号のエッセイ、「五十年」の下書き。来年の七月で、私は原稿料をもらうプロの作家になって五十年になるのに、数日前に気がついたのである。

その間、不眠症と視力障害と二つの数年にわたる落ち込んだ時期があったが、その間も私はどうにか書き続けていたから……一月《ひとつき》平均四百字詰め原稿用紙二百枚書いたとして十二万二千枚。

　だから多分本も三百冊はあるのではないか、と思う。数えたことはないし、出来の悪いのは入れていないかもしれないが、嬉しいのは、才能は別として辛抱が続く性格だとどうにか一つの仕事はできるということだ。

今、私は文章を書くことと歩くことは同じくらいの快さと労力を伴うことだと思う。「歩く」という言葉はペリパテーオーというのだと、聖書の勉強の時教わった。

　そしてまたギリシア人はその言葉を「生活する」という意味でも使った。歩くのと生活するのとは、ギリシア人にとって全く同じことだったのだ。何という健全さ。何という自然で奥深い真実。

『人生の雑事　すべて取り揃え』

正月の過ごし方

私は昔風の父の元で育った間に、お三が日、連日何人ものお客が来て、お酒を出して、台所では女たちがお皿を洗い続けて、お肴《さかな》が時には足りなくなって、それなのに酔っぱらった人はなかなか帰らなくて、という生活に子供心にうんざりした。それで自分が家庭を持ったら、正月は寝正月、お付き合いは一切なし。

お年賀に来てくださるお客は、八日以後のオフィスの時間にお目にかかって、ということを固く決意した。私はこういうくだらないことしか固く決意しないのである。

ただ、その間にやっていることがある。それは、親しい人で、独身者だったり、子供と離れて暮らしていて、急に最後の家族を失ったり、未亡人になったりした人と、最初のお正月をいっしょに過ごすのである。

特に何のお構いもしない。お雑煮《ぞうに》を食べて、年賀状を見て、十二時間も続くテレビドラマをお蜜柑《みかん》を食べながら見たりする。夜はたいてい手がからないので、スキヤキを食べる。ひどい時には、元旦が晴れていい冬の日だと、いっしょに庭の畑の手入れをしたりすることさえある。

『それぞれの山頂物語』

絢爛《けんらん》たる春を味わう

この春、私は家にいられる。いつも「聖地巡礼」と称して障害者の方たちとこの時期外国へ行っていたので、日本の春のこのたとえようもない絢爛さを見たのは二十年ぶりなのである。神さまが、そろそろ春を見せておいてやらなければ、見ずに死んだことを恨むだろう、と思ってご配慮をくださったのだと感謝している。「聖地巡礼」は今年から七月に行くことにした。

それで私は海の傍の家へべたべたに行っている。今春の我が家の大ニュースといえば、家の庭で嘘のように巨大な野兎に会ったことだ。兎糞があるから兎がいることは間違いないと思っていたのだが、今まで現物を見たことはなかった。初めて紫木蓮《しもくれん》の傍にいる姿を見た時、私は若い鹿がいるのだと思った。色が鹿色で、しかも子鹿かと思うほどの大きさだったのである。しかしその次の瞬間、この動物はゆっくりと身を翻《ひるがえ》して藪《やぶ》の中に消えた。その時、大きな耳がゆらりと動いた。

畑を作っている者としてはこの侵略者は許しがたい。とっつかまえて兎料理にすることを一瞬考えたのだが、兎を捕まえるのはいかに辛抱がいるかという話をさんざん聞いたこともある。それにここは禁猟区だ。得々として捕獲劇とそれに続く兎料理がおいしかった話を書けば、私は警察で始末書を書かされるだろう。

『人生の雑事　すべて取り揃え』

海の傍で

海の傍へ来ると、よくご飯を食べて、よく眠る。夕映えは必ず見る。

『人生の雑事 すべて取り揃え』

庭に咲いたものだけで

三戸浜《みとはま》へ。

ここでも花は買わない主義である。庭で咲いたものだけを花瓶にいける。今は水仙、猫柳、なぜか狂い咲きのグラジオラス一本。それにストレリチア（極楽鳥花）。ストレリチアは皆ハワイの花だと思っているが、この寒風の中でも堂々と露地で咲く。カンガルー・ポーと呼ばれる植物も、初め寒さにいじけて花をつけないように見えたが、だんだん花芽が増えてくる。皆寒さにこんなにも適用性があるのだなあ、と驚く。

『運命は均される』

でたらめではありません

一月十二日〜十四日

朱門は十三日朝に三戸浜に来た。

昨日の誕生日には、一人で東京の留守番をしていた。とは言っても、今日も別に何をするわけでもないけれど……三戸浜に来れば、大好きな柑橘類がたくさんなっているので喜んでいる。

まあそれをお誕生日のお祝いにしよう。

橙《だいだい》でママレードを作った。苦すぎるかと思ったが、うまくできた。

パンジー、桜草、ガーデン・シクラメンを植えた。野生種に近いガーデン・シクラメンは露地に下ろしてもけなげに咲き続け、冬の庭にはっとするような彩りを見せてくれる。

それからジャガイモを掘り、蕗《ふき》の薹《とう》を採った。エンドウマメは花盛り。嘘ではない私の歳時記である。

知らない人が見たら私がでたらめを書いていると思うかもしれないが、本当だから書き留めておく。


『人生の雑事　すべて取り揃え』

私は生きていないけれど……

今朝、感動的なことがあった。約一週間前に鉢に埋めたバオバブの種が発芽したのだ。鉢を日溜まりにおいて、昼間鉢温を三十度以上に保てば、約一週間で発芽する、と言われていた通りの結果。

朝七時頃、鉢土の中央部が少し盛り上がっているのが見えた。一時間後には黄色がかった緑の肉厚な葉が出た。秘書が十時に出勤してきた時までに八鉢中三鉢が発芽。

バオバブはアフリカなどに多いキワタ科の植物で、幹の洞《ほら》が人の住処《すみか》になるほどの巨木。一本一本が、表情豊かで老人の風格を持つ。サン＝テグジュペリの『星の王子さま』の住む星が、たった三本のバオバブで粉々に砕けそうになるほどだと、描かれている植物だ。

芽は夕方までに三センチ伸びて肉厚の双葉が開いた。これを地面に植えて、幹の直径が三メートルとか五メートルの木になるまで、私が生きていることはないのだから、まさに滑稽《こっけい》な喜び。

『運命は均される』

出典著作

『都会の幸福』ＰＨＰ研究所（ＰＨＰ文庫）
『自分の顔、相手の顔』講談社（講談社文庫）
『運命は均《なら》される』海竜社
『中年以後』光文社（光文社　知恵の森文庫）
『それぞれの山頂物語』講談社（講談社文庫）
『人生の雑事　すべて取り揃え』海竜社
『晩年の美学を求めて』朝日新聞社

著者紹介
曽野綾子（その　あやこ）
1931年、東京生まれ。54年、聖心女子大学文学部英文科卒業。79年、ローマ法王庁よりヴァチカン有功十字勲章を受章。93年、日本藝術院賞・恩賜賞を受賞。97年、ＮＧＯ活動「海外邦人宣教者活動援助後援会」（通称ＪＯＭＡＳ）代表として吉川英治文化賞ならびに読売国際協力賞を受賞。98年、財界賞特別賞を受賞。2003年、文化功労者に選ばれる。12年、第60回菊池寛賞を受賞。1995年から2005年まで日本財団会長、1972年から2012年までＪＯＭＡＳ代表を務めた。
日本藝術院会員、日本文藝家協会理事。
著書に、『老いの才覚』（ベスト新書）、『人間の基本』『人間関係』（以上、新潮新書）、『人生の原則』『生きる姿勢』（以上、河出書房新社）、『人間にとって成熟とは何か』（幻冬舎新書）、『ただ一人の個性を創るために』（ＰＨＰ文庫）など多数。

本書は、2008年９月に海竜社より刊行された。

PHP文庫　引退しない人生

2014年4月21日　第1版第1刷
2015年1月22日　第1版第9刷

著　者　曽野綾子
発行者　小林成彦
発行所　株式会社PHP研究所
東京本部　〒102-8331　千代田区一番町21
文庫出版部　☎03-3239-6259(編集)
普及一部　☎03-3239-6233(販売)
京都本部　〒601-8411　京都市南区西九条北ノ内町11
PHP INTERFACE　http://www.php.co.jp/
組　版　朝日メディアインターナショナル株式会社
印刷所
製本所　共同印刷株式会社

落丁・乱丁本の場合は弊社制作管理部(☎03-3239-6226)へご連絡下さい。

送料弊社負担にてお取り替えいたします。

ISBN978-4-569-76180-0

PHPの本

この世の偽善

人生の基本を忘れた日本人

金 美齢／曽野綾子 著

なぜ生活保護者がこんなに多いのか？ 己の不遇を社会や時代のせいにして、自身の力を磨かなくなった日本人の自己愛、怠惰を叱る。

【四六判】 定価 本体一、〇〇〇円（税別）

PHPの本

地球の片隅の物語

曽野綾子 著

世界各地の新聞の片隅で見つけた「小さなドラマの大きな真実」。平和、自由、善意といった、日本人の無邪気な価値観を鮮やかに裏切る。

【新書判】 定価 本体九五二円（税別）